21113

ÉLOGE

REMARQUABLE

DU

CONCORDAT,

FAIT par le Récit des maux passés;

OU

LA grande majorité des Français, et sur-tout, les Campagnards consolés en voyant leurs vœux exhaussés, relativement au Culte.

Prix: un Décime et demi. (3 sous.)

Se trouve chez les Marchands de Nouveautés.

AN X. — 1802.

AVERTISSEMENT.

LA pièce de vers qui commence ici page 17, fut faite avec beaucoup de précipitation et pendant la seconde terreur ; l'auteur n'eut pas le temps d'éviter quelques *hiatus* et autres fautes.

Il y a plusieurs exemplaires où il faut mettre, page 17, ligne 19, les mots *de cordialité*, à la place des mots *de la fraternité*.

Page 18, ligne 12, il faut mettre,

Je vous laisse le choix ou du bien ou du mal.

Page 19, ligne 10, *mettez* qu'un Dieu, l'ami des Saints et la vérité même.

Même page 19, ligne 31, après le vers qui finit par le mot *émile*, ajoutez les deux suivans :

Dans ce livre où l'on voit qu'il est bien éloquent,
Mais qu'il est sophistique et bien inconséquent.

Et après le vers finissant par le mot éternelles, mettez à la ligne :

Tes lois certainement n'ont pas de sanction,
Il faut donc respecter la révélation.

Page 21, ligne 4, mettez,
Ah ! l'on nous mène bien, tout comme des moutons.

Page 24, ligne 11, mettez par respect, et non par respecte.

Remplacer le dernier vers par celui-ci :
Fut, pour l'avoir aimé, de nouveau sacagée.

Nota. On aurait tort de prendre en mauvaise part ces mots : *à l'aide des biens des émigrés*, etc. on n'a pû dire des ci-devant gros biens, et on a seulement voulu faire remarquer qu'avant et depuis la révolution, c'est à Paris que les riches ont plus de facilité pour dépenser.

Les vers que l'Auteur a ajouté pages 25 et 26, sont un correctif, ou doivent rendre pardonnable la description d'une partie des maux que la révolution a entraîné avant l'heureux 18 brumaire ; et ce récit ne sert qu'à mieux faire savourer les bienfaits du Concordat.

Le père DESCHESNES, dans son *Alleluia* perpétuel, a dit, à la vingt-cinquième strophe :

C'est en comparant mille horreurs,
Aux bienfaits de nos Gouverneurs,
Que l'on en sent mieux les douceurs.
Alleluia.

ÉLOGE ANTICIPÉ

DE LA PROCLAMATION du 7 nivose an 8; de celle qui fut faite à Milan le 15 prairial suivant, et d'une partie de l'arrêté du 7 thermidor; (de celle qui favorise les simples citoyens , lorsqu'ils n'ont point à faire aux foires , aux marchés ou à quelque magistrat, le Dimanche.)

O U

LES TRES-HUMBLES REMONTRANCES

DES Villageois, aux riches et puissans habitans de Paris.

En germinal an 7.

NOTE DE L'ÉDITEUR.

Il est aisé de voir que ces remontrances furent imprimées avant le 18 brumaire ; mais elles ne pouvaient pas paraître dans le tems où il n'y avait aucune liberté d'écrire, et où Lareveillère-Lépeaux avait fait imprimer ou dit ce qu'on va voir : »Je ne veux absolument plus de prêtres, ils en imposent, lorsqu'ils font espérer aux braves gens un bonheur éternel, et lorsqu'ils menacent les méchans des peines éternelles. La religion catholique est opposée à la saine morale, elle est intolérante par sa nature ; elle est le germe des dissentions civiles (voilà trois fiers mensonges) :. son culte est abattu, il faut l'empêcher de renaître : il faut que la propagation de nos maximes philosophiques opère cette entière destruction, voilà quel est le devoir des premiers chefs de l'empire. Mais pour être d'accord avec la loi, ils doivent le remplir sans qu'il y paraisse.» Comment Lareveillère s'y serait-il pris pour cela ? Il aurait sans doute laissé certains gazetiers et ses ministres démentir ce qui dans la loi semblait promettre la liberté des cultes, il aurait ainsi dirigé l'esprit public, et terrorisé les gazetiers ou les auteurs qui auraient osé le contredire.

Que tout cela est différent de ce qui suit !

EXTRAIT de la Proclamation autorisée à Milan par Bonaparte, le 15 prairial an 5.

Le libre et public exercice de la religion catholique sera conservé dans le même état qu'à l'époque de la première conquête de l'Italie ; en conséquence, toute espèce d'outrage ou d'insulte contre ladite religion, ses ministres, ses rites et ses symboles est défendue, ainsi que tout acte qui tendrait à en empêcher ou troubler, en aucune façon quelconque le plein et entier exercice... et les contrevenans ont été menacés des plus grandes peines.

ON verra dans ces remontrances des villageois, aux riches habitans de Paris, l'éloge le plus complet de la tolérance, et les funestes effets de l'incrédulité.

Habitans de la ville où logent nos grands maîtres,
Nous voyons bien pourquoi vous n'aimez pas nos prêtres.
  Vous avez tous les jours des concerts et des bals,
Des spectacles brillans, des excellens régals,
Des livres curieux, des femmes engageantes,
Mille objets sensuels, des chaises diligentes.
Tous les amis du luxe et de la volupté
Trouvent dans votre ville entière liberté.
  On peut faire chez vous une grande dépense,
A l'aide des gros biens des émigrés de France ;
C'est bien chez vous que vont nos impôts onéreux ;
Que vous faut-il de plus pour être très-heureux ?
  Pour vivre sans souci et sans aucun scrupule,
Vous avez les leçons d'un Raynal ou d'un Drule,
Ou d'un Helvétius ou bien d'un Mirabeau
Dans votre ville on voit sans cesse du nouveau.
Chez vous un honnête homme est-il dans la détresse,
Il est mal vu des siens s'ils sont dans la richesse.
Chez vous l'on voit fort peu de cordialité ;
Voilà quel est l'effet de l'incrédulité.
Vos révolutionneurs, vos encyclopédistes,
Sont, de leur propre aveu, des matérialistes.
Ils disent que penser et sentir ne font qu'un.
Ce systême odieux est chez vous fort commun.
Toujours quelques auteurs y prêchent l'athéisme,
Pour mieux entretenir le fatal égoïsme.
Enfin l'opinion qui fait les grands vauriens,
On la met au-dessus de la foi des chrétiens.
  Mais nous, gens sans esprit, habitans des villages,
Nous ne pouvons goûter les leçons de vos sages.
Nous voyant sans pasteurs et sans aucun appui,
Nous sommes accablés de misère et d'ennui.
Nous voyons nos garçons aller faire la guerre
Au Suisse, à l'Italien, aux Turcs, à l'Angleterre ;
Quand nos petits enfans sont sans instruction
Ou bien sont élevés dans l'irréligion.

On leur dit, moquez-vous de la loi de Moyse:
Le repos du dimanche est traité de sottise.
Mais qui méprise un seul des dix ordres de Dieu,
Bientôt des autres neuf s'embarrasse fort peu.
Eh ! quoi, l'assassinat, le vol et l'adultère,
Le mépris qu'un enfant feroit d'un tendre père,
Seroient-ils moins communs, si l'on croit que jamais
Dieu n'a dit aux mortels, je vois tous vos forfaits.
Je vous ai fait pour moi, votre ame est immortelle;
Je réserve aux méchans une peine éternelle;
Je vous laisse le choix ou du bien ou du mal ;
Mais soyez vertueux, je serai libéral.
　　Peut-on ne pas prévoir que la philosophie,
Qui foule aux pieds la foi peut perdre la Patrie ?
A quoi sert de jurer haîne à la royauté,
Si, sans avoir son nom, l'on a sa cruauté ?
Encor la cruauté n'est pas inséparable
Du pouvoir qu'à tout roi de se rendre haïssable.
Un roi républicain vaut cent mille fois mieux
Que des représentans cruels ambitieux.
Si plus d'un chef se rit du culte catholique,
Pourquoi, dit-on, la France est une république ?
Dans une république, au dire d'un auteur,
Jamais le magistrat ne peut être oppresseur,
Et c'est la volonté qu'on nomme générale,
Qui doit faire la loi, la loi pour tous égale.
Sans la foi des chrétiens, combien de malheureux
Seroient désespérés, ou seroient dangereux !
Sans elle, les richards, les maîtres de l'Empire,
Feroient aux saints pasteurs endurer le martyre.
Hélas ! on n'est que trop, que trop enclin au mal !
Pourquoi donc propager un systême infernal ?
Un systême qui veut ôter toute espérance
A tant de braves gens qui sont dans la souffrance.
　　O ! Dieu bon, tout-puissant, miséricordieux,
Qu'il est doux d'espérer de te voir dans les cieux !
On ne voit ici-bas qu'un rayon de ta gloire,
Mais tout ce qu'on en pense aisément se peut croire.
Qui ne sent pas que rien n'est impossible à toi ?
Tu laisses le méchant se moquer de ta loi,

Son blasphême ne peut endommager ton trône ,
Mais dédaignerais-tu l'encens de l'ame bonne ?
Non , non , tu ne saurais regarder d'un même œil ,
L'humilité des saints , et des méchans l'orgueil ;
L'impureté des uns , la chasteté des autres ,
Les bonnes actions de tant de saints apôtres ,
Et tous les noirs forfaits de tant de scélérats ,
Des Lebon , des Collot , des Couthon , des Marat.
Eh ! quoi, se pourrait-il que notre Etre suprême ,
Qu'un Dieu, la sainteté et la vérité même ,
Eût, aux grands scélérats, dit que la sainteté
Ne peut mener à rien ; ô ! non, en vérité.
  O ! révélation divine et consolante,
Que celui qui t'attaque a l'ame malfaisante !
  Baudin disait un jour, quand on ne peut offrir
Nul moyen d'alléger les maux des misérables ,
Ah ! du moins, on devrait humainement souffrir
La foi, qui seule rend ces maux plus supportables.
  Voltaire, qu'on ne cesse aujourd'hui de vanter,
N'a-t-il pas fait aussi les vers qu'on va citer ?
« A ta faible raison garde-toi de te rendre ,
» Dieu t'a fait pour l'aimer et non pour le comprendre ;
» La nature est muette, on l'interroge en vain ,
» On a besoin d'un Dieu qui parle au genre humain ;
» Il n'appatient qu'à lui d'expliquer son ouvrage ,
» De consoler le faible et d'éclairer le sage.
» L'homme, au doute, à l'erreur, abandonné sans lui ,
» Cherche en vain des roseaux qui lui servent d'appui ».
  Jean-Jacques, ce prôneur du divin évangile,
N'a-t-il pas dit aussi dans son fameux Emile ;
Philosophe, tes lois sur les mœurs sont bien belles ,
Mais vive la croyance aux peines éternelles (1).
Tes lois certainement n'ont pas de sanction,
On doit donc respecter la révélation.
  Nous ne pouvons, enfin nous dire en république ,
Si l'on ne nous rend pas le culte catholique.
Si l'on ne nous rend pas nos plus dignes pasteurs ,
Des prêtres, qui jamais ne furent malfaiteurs ;

---

(1) Philosophe, dit J. J., dis-moi nettement ce que tu mets à
la place de la crainte des peines éternelles.

Si le culte nouveau, qu'on nomme décadaire,
Voulant seul dominer, veut toujours nous déplaire.
    Quoi ! la minorité ferait seule la loi,
Et vingt millions de gens auraient Paris pour roi !
Et, où avez-vous pris que le christianisme
Ait approuvé par fois le cruel despotisme ?
Que sert de n'avoir plus le régime royal,
Si l'on nous fait tomber de fièvre dans chaud mal.
De voir, de respirer, nous ne sommes plus maîtres,
Qu'en payant pour l'impôt des portes et fenêtres ;
Il en coûte plus cher au pauvre villageois,
Pour son souffle et son jour, qu'au plus riche bourgeois.
On fait payer patente au tailleur d'un village,
Et on le fait payer pour voir sur son ouvrage.
On nous enlève, hélas ! jusqu'à la charité,
Que nous tenions de gens remplis de piété.
Qu'un malheureux vieillard, d'aller à pied, se lasse,
De distance en distance, il paye un droit de passe.
Au lieu d'un bon décret, rendu depuis huit ans,
Et qui rendit alors les français bien contens,
Qui ne vous arrêtoit, voyageurs, qu'aux frontières,
Vous trouvez à présent des milliers de barrieres.
De même, ce décret que fit rendre Merlin,
Cette loi des suspects, ce décret tant malin,
Au lieu d'une bastille en créa cent douzaines,
Et fit guillotiner des hommes par centaines.
L'entière liberté, d'aller ou de venir,
N'est plus que le sujet d'un triste souvenir.
Ah ! l'arbre de son nom nous rend l'humeur fort sombre ;
Hélas ! sans son feuillage, on n'en auroit pas l'ombre.
    Pour nous faire endéver, on arracha nos croix,
On leur substitua des arrachés des bois.
La superstition, sans doute, est condamnable,
Mais ce que nous croyons, n'est rien moins qu'une fable :
Un signe qui rappelle un fait bien avéré,
(Notre rédemption), doit être vénéré.
    Mais quand à notre foi, sans cesse l'on insulte,
Quand le gouvernement foule aux pieds notre culte,
Alors l'arbre planté par ce persécuteur,
Par son nom, nous rappelle un tyran, un menteur.

Et le jour de repos, appelé la Décade,
Imaginé pour faire au nôtre une algarade ;
Il faut que nous servions aux agens d'Hocquêtons,
Ah ! l'on nous mène bien tout comme des moutons.
Liberté ou la mort, voilà votre devise ;
Mais s'entend, ou la mort des amis de l'église.
Il faut mourir martyr, ou se faire apostat ;
Agir en homme libre à la Carat-Marat.
La liberté nouvelle enfin doit nous déplaire ;
Un chrétien n'aime pas celle là, de mal faire.
Pour celle d'être un fourbe ou d'apostasier,
Un ennemi du Christ peut seul s'extasier.
    Ce n'est qu'au décadi qu'aujourd'hui l'on marie ;
Cet usage inutile afflige et contrarie.
Autrefois, par l'église, on était moins gêné ;
Mais de ce changement, qui peut être étonné ?
La liberté chrétienne est un grand esclavage,
Aux yeux de tout méchant qui croit être un vrai sage ;
Il ne peut supporter qu'un espoir très-flatteur,
Nous rende bien soumis aux lois du rédempteur.
Veut-on savoir pourquoi son républicanisme
Ne peut pas supporter le bon christianisme ?
Ah ! c'est que celui-ci défend d'être un coquin ,
D'être un ambitieux , un fourbe jacobin.
    Il n'est pas jusqu'au son de notre utile cloche,
Qui disait, il est tems que du temple on s'approche,
Qu'on ne nous ait ôté ; ce joli son, hélas !
Habitans de Paris, vous l'entendiez pas.
Pour un meurtre ordonné par un feu roi de France,
Est-ce à nous en ces jours à faire pénitence ?
Si la cloche a pour lors secondé quelques grands,
Elle a cent mille fois déjoué des brigands.
Par le son du tocsin, dans les cas d'incendie,
La cloche, bien des fois, a servi la patrie.
Si la cloche, jadis, à l'heure de minuit,
Fut le premier signal d'un massacre maudit,
Bien des cloches ont fait depuis tourner la chance,
Les ennemis du Christ ont bien pris leur revanche.
Un très-sincère ami des gens de Montluçon,
A fort bien démontré que des cloches le son,

D'un culte extérieur n'est pas toujours le signe
Qu'on ne peut deviner souvent ce qu'il désigne ;
Mais le retour du culte est ce qu'on craint le plus.
Confondra-t-on toujours la chose avec l'abus ?
N'est-il pas bien cruel que l'on nous tyrannise
Jusqu'à nous arracher les secours de l'église ?
Ces secours consolans, pour tant d'infortunés,
Qui virent leurs amis, leurs fils guillotinés,
Pour tant de malheureux, tant de tristes victimes,
Du sort ou des auteurs des plus énormes crimes ?
      Et ces dévots sermons qui nous portaient au bien,
Puisqu'ils nous enseignaient les devoirs du chrétien ;
Ces sermons qui disaient que par la patience,
On peut avoir un jour du ciel la jouissance,
Qui nous fesaient souffrir nos maux sans murmurer,
Se peut-il qu'on n'ait plus voulu les tolérer !
      Envoyer sans pitié nos prêtres à Cayenne,
Pour n'avoir pu cesser d'avoir la foi chrétienne.
Quel siècle de lumière où l'on prétend, hélas !
Que la cause cessant, l'effet ne cesse pas !
      Retirer un serment qu'on ne pourrait plus faire,
Sans enfreindre les lois, c'est être un réfactaire ;
Des milliers de pasteurs, bien soumis à la loi,
N'ont été déportés qu'à cause de leur foi.
On ne nous cache plus qu'on veut que notre culte
Ne se relève point ; à tous coups on l'insulte.
Et quand ce n'est pas nous qui sommes aggresseurs,
Nous voyons chaque jour d'injustes oppresseurs,
Nommer des braves gens *malheureux fanatiques*,
Par la seule raison qu'ils sont des catholiques.
      Le grand nombre est nommé *le peuple souverain*,
Et pourtant quelques chefs veulent qu'il jure en vain.
A tout bon catholique on fait si peu de grace,
Qu'il est expressément défendu qu'on le place.
La proclamation du neuf ventôse, an six,
Nous dit expressément, à l'alinéa dix,
(Oui, à la rime près, voici sa propre phrase,)
Les noms qu'il ne faut point déposer dans le vase,
Afin qu'ils ne soient pas les noms des électeurs,
Qui pourraient devenir aussi législateurs.

Sont ceux des malheureux crédules fanatiques,
Qui desirent encor d'agir en catholiques.
Qui peut ne pas aimer le pouvoir qu'ont les rois,
De faire exécuter de salutaires lois ?
Et quand la royauté n'est pas législatrice,
Convient-il qu'en tout tems le peuple la haïsse,
Dès-lors qu'il la retrouve, et à beaucoup d'égards,
Dans le mal que l'on fait à tant de campagnards,
Dans une intolérance excessive, haïssable,
Et dont le dernier roi ne fut jamais coupable.
Et pourrions-nous encor n'être pas bien fâchés
D'avoir vu déranger nos foires, nos marchés ;
Pour nous prouver, dit-on, à quel point l'on méprise
Les lois de Jésus-Christ et celles de Moyse.
Tandis qu'ils n'ont voulu que nous rendre meilleurs,
On ose les traiter de méchans, d'imposteurs.
Que sert encor le droit de faire des demandes,
De faire, en voyageant, des dépenses fort grandes,
Si les pétitions sont mises à l'écart ;
Si des citoyens, chefs, n'y ont aucun égard ?
On sait que tel rentier en fit soixante-quatre
Pour obtenir justice ; et eut beau se débattre,
Il en fut pour ses frais, et sa peine et ses pleurs ;
Ah ! les anti-chrétiens sont de bien mauvais cœurs.
Nous empêcher de vendre, et vouloir des patentes
Dans des villes de rien nullement commerçantes.
Suspendre les travaux de tout pauvre artisan,
Le jour de décadi ; quoi de plus déplaisant ?
Il n'est plus employé par votre république,
S'il ne renonce pas au culte catholique.
Si l'on pouvait, sans peur, faire tout imprimer,
Si l'excès de nos maux se pouvait exprimer,
Nous vous démontrerions qu'elle est plus qu'invisible,
Celle-là que l'on nomme une et indivisible ;
Et que la liberté, que l'on nous vante tant,
Doit rendre tout chrétien triste et fort mécontent :
La liberté du culte est la plus importante,
Et sa destruction est plus que désolante.
Le roi n'eût pas souffert que des dignes pasteurs
Fussent martyrisés par les septembriseurs ;

Que l'on eût fait la guerre aux Suisses et au Pape,
Ah! c'est bien nous, sur-tout, qu'on vexe, qu'on attrape.
Mais chez vous sont nos chefs, et d'enrichis combien,
Qui s'en vont à Paris pour dissiper leur bien.
Chez vous le peuple gagne et se distrait sans cesse,
Les trois quarts et demi ne veuleut plus de messe.
La vie y parait courte, on n'y songe qu'à soi,
On ne fait aucun cas de la divine loi.
Le neuf de germinal, an sept, an remarquable,
On a vu condamner Verdis, homme estimable,
Pour avoir, par respect pour un Dieu rédempteur,
Fermé son magasin le saint jour du Seigneur;
Encor s'il l'eût ouvert, au jour dit décadaire,
On eût pu dire, aux lois il fut un réfractaire;
Mais punir un marchand, s'il agit en chrétien,
C'est agir en despote, en bête, et en payen.
Un marchand peut avoir, pour suspendre ses ventes,
Pendant tel ou tel jour, des raisons excellentes,
Sur-tout s'il est marchand de bonnets et de bas,
Qu'on peut trouver ailleurs et qu'on ne mange pas.
  On voit mourir de faim chez vous le pensionnaire,
Et l'infirme vieillard qui ne peut plus rien faire.
Chez vous l'agioteur et le banqueroutier
Ont plus que mal réglé la valeur du papier.
Des milliers d'emprunteurs, sans honneur et sans ame,
Qui se sont prévalus de cette régle infâme,
N'ont pas rougi de rendre aux pauvres attristés
Un louis pour cinquante en bon argent prêtés.
  C'est chez vous qu'on donna le plus mauvais exemple,
Et qu'au mépris des lois on prophana tout temple;
Que l'on donna le fouet aux Sœurs de Charité,
Qu'on tua des prélats remplis de piété.
Que la paix soit en France, et qu'elle y soit durable,
Les meneurs y ont fait un mal bien déplorable.
Souffrez donc notre culte, intercédez pour nous,
Et nous ne cesserons de prier Dieu pour vous.
Au reste, nous doutons que vous traitiez d'audace
La liberté que prend ici la populace;
Jadis les parlemens remontraient bien au roi,
Qu'il devait empêcher qu'on attaquât la foi.

Si quelqu'auteur osait publier l'athéisme,
Qui ne produit jamais qu'un affreux égoïsme ;
Qui tend à séparer l'épouse de l'époux,
Qui fait qu'avec sujet des maris sont jaloux,
Qui fait que tel enfant se mocque de sa mère,
Qui rend traître, voleur, assassin, adultère,
Qui fit qu'au lieu d'avoir des chefs bons, tolérans,
Nous eûmes des bourreaux, des démons, des tyrans,
Qui fut cause, en un mot, des grands maux de la France,
Alors les Rois chrétiens usaient de leur puissance ;
Ils faisaient enfermer, ou chasser les auteurs,
Mais, hélas, nous voyons leurs malins successeurs,
Tenir une conduite, en tous points, opposée,
L'un d'entr'eux, en public, a dit : je suis athée.
Anacharsis-Cloots a long-tems péroré ;
Pour dire, genre humain, sois toi seul adoré.
Un autre a dit : bientôt, par la philosophie,
Nous allons voir la foi dans le monde abolie.
Il est pourtant bien clair qu'on n'a tant fait de mal,
Que, parce qu'on goûtait ce systême infernal,
Ceux qui voulaient le trône et les biens de l'église,
A coup sûr, méprisaient et le Christ et Moyse ;
On nous l'a dit tout haut, c'est donc vraiment un fait,
Que c'est à notre foi sur-tout qu'on en voulait.
Volnei, Dupuis, Collot, Merlin, Lareveillère,
Sur ce point ont plus dit que ne fit Robespierre.
Au moins, dans le discours qu'il lut en floréal ;
Du matérialisme il a dit bien du mal.
Robespierre, il est vrai, n'était qu'un hypocrite,
Mais, au moins, blâmait-il leur morale maudite.
Si Robespierre fut un homme plus que faux,
Au moins, indiqua-t-il la source de nos maux,
Il a dit qu'on devait aux encyclopedistes,
A ceux-là qui parlaient en matérialistes,
Et qui pourtant passaient pour des beaux esprits forts,
La révolution et ses énormes torts.
S'il fallait raconter ses crimes, ses ravages,
Nous pourrions bien remplir cinquante mille pages.
La révolution a bien des beaux côtés,
Mais comment pourrions-nous n'être pas dépités,

En voyant qu'on promet la liberté des cultes,
Et que celui du peuple est accablé d'insultes ?
De simples gazetiers sans cesse en parlent mal ;
Ils s'embarrassent peu qu'il plaise au général.
Oseraient-ils ainsi narguer la populace,
S'ils n'étaient pas au goût de quelques gens en place ?
Aussi ne parlons-nous de tant d'impôts nouveaux,
De la conscription, enfin de tous nos maux,
Que pour faire sentir qu'il est bien déplorable,
Pour tous les partisans d'un culte respectable,
De voir perdre tant d'or, tant de bons citoyens,
Pour se voir opprimés par des anti-chrétiens ?
Sans doute chacun doit aux lois être fidèle,
Et chacun doit servir sa patrie avec zèle.
Il doit payer l'impôt, quelqu'onéreux qu'il soit,
Mais d'exercer son culte, au moins qu'il ait le droit,
Ce droit tant respectable, on le sait, la Vendée,
Pour vouloir le défendre, a été saccagée.

Que tout cela était différent de ce qu'on va voir !

EXTRAIT de la Proclamation du 7 nivose an 8.

Les consuls déclarent que la liberté des cultes est garantie par la constitution, qu'aucun magistrat ne peut y porter atteinte ; QU'AUCUN HOMME NE PEUT DIRE A UN AUTRE HOMME, TU EXERCERAS OU TU N'EXERCERAS PAS TEL CULTE, TU TE REPOSERAS TEL JOUR.

Les ministres d'un Dieu de paix seront les premiers moteurs de la reconciliation et de la concorde ; qu'ils parlent aux cœurs le langage qu'ils apprirent à l'école de leur maître ; qu'ils aillent dans ces temples qui se rouvrent pour eux, offrir avec leurs concitoyens, le sacrifice qui expiera les crimes de la guerre.

(Qu'il serait à souhaiter que tous pussent savoir l'heure à laquelle il commence ! Et quel mal y aurait-il que les heures fussent sonnées ou répétées par une grosse cloche, et qu'on remît pat-tout les foires et marchés aux jours où on les tenait en 1792 ?)